ティアラ✦クラブ

6

エミリー姫《ひめ》と美《うつく》しい妖《よう》精《せい》

ヴィヴィアン・フレンチ 著《ちょ》/サラ・ギブ 絵《え》/岡本《おかもと》 浜江《はまえ》 訳《やく》

朔北社

人《じん》物《ぶつ》紹《しょう》介《かい》

ティアラ✦クラブ

6

エミリー姫《ひめ》と美《うつく》しい妖精《ようせい》

りっぱなお姫《ひめ》さまを育《そだ》てる

お姫《ひめ》さま学《がく》園《えん》

学園《がくえん》のモットー

りっぱなお姫《ひめ》さまは、つねに自分《じぶん》のことよりほかの人《ひと》のことを考《かんが》え、親切《しんせつ》で、思《おも》いやりがあり、誠実《せいじつ》でなくてはならない。

すべてのお姫《ひめ》さまに次《つぎ》のようなことを教《おし》えます。

たとえば・・・

❶ドラゴンに話《はな》しかける方法《ほうほう》

お姫《ひめ》さまたちには、次《つぎ》のステップに進《すす》むため、ティアラ点《てん》をあたえます。一学年《いちがくねん》で十分《じゅうぶん》なティアラ点《てん》をとったお姫《ひめ》さまたちは、ティアラ・クラブに入会《にゅうかい》することができ、銀《ぎん》のティアラがもらえます。

ティアラ・クラブのお姫《ひめ》さまたちは、次《つぎ》の年《とし》、りっぱなお姫《ひめ》さまたちのとくべつの住《す》まいである「銀《ぎん》の塔《とう》」にむかえられ、より高《たか》いレベルの教育《きょういく》を受《う》けることができます。

❷すてきなダンスドレスのデザインと作《つく》り方《かた》
❸王宮《おうきゅう》パーティ用《よう》の料理《りょうり》
❹まちがった魔法《まほう》を防《ふせ》ぐには
❺ねがいごとをし、それをかしこく使《つか》う方法《ほうほう》
❻空《そら》をとぶような階段《かいだん》の下《お》り方《かた》

クイーン・グロリアナ園長《えんちょう》はいつも園内《えんない》におられ、生徒《せいと》たちの世話《せわ》は妖精《ようせい》のフェアリー寮母《りょうぼ》がします。

客員講師《きゃくいんこうし》と、それぞれのご専門《せんもん》は・・・

- パーシヴァル王《おう》（ドラゴン）
- マチルダ皇太后《こうたいごう》（礼儀作法《れいぎさほう》）
- ヴィクトリア貴夫人《きふじん》（晩《ばん》さん会《かい》）
- ディリア大公爵夫人《だいこうしゃくふじん》（服《ふく》そう）

注意《ちゅうい》

お姫《ひめ》さまたちは少《すく》なくとも次《つぎ》のものをもって入園《にゅうえん》すること。

- ダンスパーティ用《よう》ドレス　二十着《にじゅっちゃく》
（スカートを広《ひろ》げる輪《わ》、ペチコートなども）
- ダンス・シューズ　五足《ごそく》
- ふだんの服《ふく》　十二着《じゅうにちゃく》
- ビロードのスリッパ　三足《さんぞく》
- 乗馬靴《じょうばぐつ》　二足《にそく》
- ロングドレス　七着《ななちゃく》
（ガーデン・パーティなど、とくべつな時《とき》に着《き》るもの）
- マント、マフ、ストール、手袋《てぶくろ》、そのほか必要《ひつよう》とされているアクセサリー
- ティアラ　十二《じゅうに》

Princess Emily
エミリー姫《ひめ》

こんにちは！　わたしは、エミリー姫《ひめ》。お姫《ひめ》さま学園《がくえん》バラのお部屋《へや》の一《ひと》人《り》よ。

あなたは、もうアリス姫《ひめ》、ケティ姫《ひめ》、デイジー姫《ひめ》、シャーロット姫《ひめ》、ソフィア姫《ひめ》をごぞんじでしょう？

この五人《ごにん》は、わたしの一番《いちばん》の仲《なか》よし、あなたと同《おな》じにね。それから、あなたはパーフェクタ姫《ひめ》に会《あ》ったことあって？　こわい人《ひと》よ！　アリスの話《はなし》だと、それは、クイーン・グロリアナ園長《えんちょう》がパーフェクタに一年生《いちねんせい》をもう一度《いちど》やらせたからなんですって。ティアラ・クラブにはいるだけのティアラ点《てん》がとれなかったから！　わぁぁぁぁ。考《かんが》えただけで、ふるえちゃいそう！　一年生《いちねんせい》をもう一度《いちど》やりなおすなんて、おそろしいことよね！　想像《そうぞう》できて？　わぁ、こわい！

Princess Emily and the Beautiful Fairy by Vivian French
Illustrated by Sarah Gibb

First published by Orchard Books
First published in Great Britain in 2005

Japanese translation rights arranged with
Orchard Books, a division of the Watts Publishing Group Ltd, London
through Tuttle-Mori Agency, Inc., Tokyo

Capter One

第《だい》１章《しょう》

あなたは黒《くろ》い大《おお》きな雲《くも》が、おおいかぶさってきたような感《かん》じになったことあって？　そう、わたしにとって、おたんじょう日《び》のつぎの日《ひ》はそんな感《かん》じだったの。こわいと思《おも》わない？　わたしの両親《りょうしん》が、とてもすばらしいピンクのドレスと、それにぴったりのりっぱなティアラを送《おく》ってきてくれたのに、ちっとも興奮《こうふん》しませんでした。

じつは、わたしたちバラのお部屋《へや》のお仲間《なかま》は、その前《まえ》から、学年《がくねん》さいごの日《ひ》の大集会《だいしゅうかい》になにをきたらいいか、ずっとなやんでいました。だから両親《りょうしん》からそういうりっぱなものが送《おく》られてきたのは、いいことのはずでした。でもね、それは、わたしだけがわたしの一番《いちばん》の仲《なか》よしとちがってしまうってことでしょう？　それで悲《かな》しいきもちになってしまったの！　もちろん、みんなはわたしの

美《うつく》しいおたんじょう日《び》プレゼントのドレスをわいわいほめてくれたわ。でもわたしには、みんながひそかに自分《じぶん》はどうしようかって思《おも》っているのがわかっちゃったの。

　わたしが、その小《こ》づつみをあけたのはお朝食《ちょうしょく》のときでした。そしてみんなが、すばらしい！　って、ほめてくれたのだけれど、その前《まえ》にふっとだまったことに、気《き》づいてしまったの。

そこへパーフェクタが、すごくいやな声《こえ》でいいました。

「土《ど》よう日《び》には、だれが一番《いちばん》、はではでに目立《めだ》つかってことね！」

そのあとフロリーンが
「あまやかされてる子《こ》がいるものね！」なんていったの。

でもわたしが黒《くろ》い雲《くも》を

かぶったように不安《ふあん》になったのは、それだけではなかったの。じつはティアラ点《てん》のことが心配《しんぱい》でした。正直《しょうじき》いって、へんになりそうなくらい心配《しんぱい》だったの。

「わたしはたぶん、ずっとずっとずっとずっと、一年生《いちねんせい》のままなんだわ」

わたしはレクリエーション室《しつ》の窓《まど》から外《そと》を見《み》ながらつぶやきました。

「わたしもだと思《おも》う」ケティがため息《いき》をつきました。となりにきて立《た》っていたのです。

「きのう、五《ご》マイナス点《てん》をとっちゃったの。ほらあの、銀《ぎん》の馬車《ばしゃ》をひっぱった小馬《こうま》を見《み》に、うまやへ行《い》ったでしょ。かえってきたとき、ブーツをふくの忘《わす》れちゃったの。マチルダ皇太后《こうたいごう》さまに、ものすごくしかられちゃった」

「あのときは、髪《かみ》にワラがいっぱいついていたわね」ソフィアがいいました。

「それと、ワゴンから角《かく》ざとうをぜんぶとっていったでしょ」アリスもいいました。

「パーフェクタが、かんかんになってたわ」

「あの人《ひと》にはいい気味《きみ》

よ」シャーロットが、なぐさめるような笑顔《えがお》をしてくれました。
「心配《しんぱい》するのはやめて、エミリー。あなたはきっとパーフェクタやフロリーンよりずっとたくさんティアラ点《てん》とれているわよ」
「でもだれが、ティアラ・クラブにはいれるだけ、とれてるかしらね」デイジーがいいました。だれにも答《こた》えられません。
そう、だってだれにもほんとうのところはわからないのですもの。毎日《まいにち》、宿題《しゅくだい》の日記《にっき》にティアラ点《てん》のことを書《か》くようにいわれているけれど、つい忘《わす》れてしまうのです。そしてせっかく思《おも》いだしても、たし算《ざん》をまちがえて、ちがう点《てん》を書《か》いてしまったり。とくにわたしは。

今《いま》までわたしたちは、みんな、たぶんだいじょうぶよねと思《おも》っていたのに、とつぜん、まじめに考《かんが》えだしたのです！　学園大集会《がくえんだいしゅうかい》というのが、わたしたちの人生《じんせい》にとって一番《いちばん》だいじな日《ひ》。その日《ひ》にだれがティアラ・クラブにはいれるだけティアラ点《てん》をとったか、わかります。そしてそれが、なんと二日後《ふつかご》！！　こわいわぁ！

「ねえ、フェアリー寮母《りょうぼ》さまに何点《なんてん》とれているか、教《おし》えていただいたらどうかしら？」アリスが期待《きたい》するようにいいました。

シャーロットは顔《かお》をしかめました。

「教《おし》えてくださらないのよ。あたし、先週《せんしゅう》、聞《き》いてみたの」

「りっぱなお姫《ひめ》さまなら、心配《しんぱい》することはありません、ておっしゃるだけよ」ケティもため息《いき》まじりにいいました。

「ちょっとでもよくしたいからとか、もっとずっとよくしたいからって、いってみたらどうかしら？」わたしがいいました。

デイジーは首《くび》をふりました。

「それもだめ、だって寮母《りょうぼ》さまは今《いま》ひどいおかぜで、ベッドにはいっていらっしゃるのよ」

「かぜは魔法《まほう》で追《お》いはらえないのかしら？」わたしが聞《き》きました。

「ご自分《じぶん》には使《つか》えないみたいよ、魔法《まほう》って……」とソフィアがいいました。

バタバターン！

レクリエーション室《しつ》のドアがぱっと開《あ》いたかと思《おも》うと、ジェマイマ姫《ひめ》が目《め》をまん丸《まる》にしてとびこんできました。

「聞《き》いた？」ジェマイマは、はあはあいっていいます。

「フェアリー寮母《りょうぼ》さまがいなくなるんですってよ！」

わたしたちはジェマイマ

を見《み》つめました。

「どういうこと？」わたしが聞《き》きました。

「寮母《りょうぼ》さまがとてもお悪《わる》いので、クイーン・グロリアナ園長《えんちょう》がご姉妹《しまい》のところへ行《い》かせるのですって。ご姉妹《しまい》って、フェアリー寮母《りょうぼ》さまのよ、クイーン・グロリアナ園長《えんちょう》のじゃないわよ。そしてわたしたちには

かわりの寮母《りょうぼ》さまがいらっしゃるのだって。フェアリー・アンガラっていうかたですって！」ジェマイマは、そこでひと息《いき》ついてまたいいました。

「クイーン・グロリアナ園長《えんちょう》が、みんなで大《だい》ホールに集《あつ》まってごあいさつなさいって、だから今《いま》すぐ行《い》かなくちゃいけないのよ！」そしてジェマイマはまたものすごいスピードで出《で》て行《い》きました。

わたしたちはおどろいて顔《かお》を見《み》あわせました。クイーン・グロリアナ園長《えんちょう》をべつにすれば、フェアリー寮母《りょうぼ》さまはお姫《ひめ》さま学園《がくえん》でだれよりもだれよりも大切《たいせつ》なかたです。わたしたちのお世話《せわ》をしてくださって、夜《よる》はやさしくベッドにいれてくださるかた。もちろんいろんなことを教《おし》えてくださいます。おこると、ものすごくふくれあがるけれど、とってもたのしい妖精《ようせい》。クイーン・グロリアナ園長《えんちょう》もいいかたではあるけれど、ちょっとこわいのです。

ほかの先生《せんせい》がたはよく知《し》らないけれど、なんだかびくびくします。寮《りょう》母《ぼ》さまがいなくなるのは、うちにいるとき、お母《かあ》さまが王室《おうしつ》の旅行《りょこう》にお出《で》かけで、あとにのこっておるすばんしなさい、といわれたときのような気分《きぶん》。

「フェアリー寮母《りょうぼ》さま、早《はや》くよくなられるといいわね」わたしがいうと、シャーロットもうなずきました。

「学期《がっき》のおわりまでに、おなおりになると思《おも》う？」ソフィアが聞《き》きました。

「もしまだだったら、ティアラ点《てん》のことはだれから聞《き》くの？」デイジーもいいます。

アリスは肩《かた》をすくめていいました。

「クイーン・グロリアナ園長《えんちょう》じゃないの？　そうだ！　行《い》ってしらべてみない？　ええと、なんていうお名前《なまえ》だったっけ？　その新《あたら》しい寮母《りょうぼ》さまって」

「フェアリー・アンガラよ」ケティがいいました。わたしたちはぞろぞろレクリエーション室《しつ》を出《で》て、白黒《しろくろ》の大理石《だいりせき》のろうかをとおって大《だい》ホールへ行《い》きました。わたしたちがドアからはいって行《い》くと、ちょうどクイーン・グロリアナ園長《えんちょう》がステージにおあがりになるところで、そのとなりに、それはそれは美《うつく》しいフェアリー（妖精《ようせい》）が立《た》っていました。

Capter Two

第《だい》2章《しょう》

さいしょの二分《にふん》くらいのあいだ、クイーン・グロリアナ園長《えんちょう》がなにをいっていられるのか、わたしたちはだれも聞《き》いていなかったと思《おも》います。ただ夢中《むちゅう》で見《み》つめていました。フェアリー・アンガラはびっくりするほど美《うつく》しくて、ドレスは息《いき》をのむほどきれいです。なにかふしぎなふわふわの材料《ざいりょう》でできていて、いろんな色《いろ》にかわ

ります。はじめはやわらかなピンク、つぎはうすいブルー……とまたピンクにもどります。わたしはきゅうに、クイーン・グロリアナ園長《えんちょう》がまだ話《はな》していらっしゃるのに気《き》づきました。

「……そうなのですよ、姫《ひめ》たち。フェアリー寮母派遣組合《りょうぼはけんくみあい》では、とても人《ひと》が足《た》りないので、フェアリー・アンガラをとくべつに送《おく》りだすことにしたのです。まだ訓練《くんれん》がおわってないのだけれど。さあ、みなさん、フェアリー・アンガラにかんげいのごあいさつをなさいな。お姫《ひめ》さま学園《がくえん》へようこそって！」

もちろん、わたしたちはにぎやかに拍手《はくしゅ》しました。そして大《だい》ホールを出《で》るときは、胸《むね》がどきどきするほど興奮《こうふん》していました。フェアリー寮母《りょうぼ》さまが、このあとの授業《じゅぎょう》『まちがった魔法《まほう》を防《ふせ》ぐには』をすることに

なっていました。だからきっとかわりにフェアリー・アンガラが教《おし》えてくださるのです！

わたしたちははんぶん走《はし》ってお教室《きょうしつ》に行《い》きました。自分《じぶん》たちのいすをひいたところで、チリリンという音《おと》が聞《き》こえて、フェアリー・アンガラがふわっとはいってきました。

「ほほほほ」とても小《ちい》さくて、ささやくような、あまいやさし

い声《こえ》。

「あなたがたが、一番小《いちばんちい》さい、かわいい生徒《せいと》たちね？　さあ、まずなにをしましょうか？」

フェアリー・アンガラは教室《きょうしつ》を見《み》まわしました。

「あらまあ、いやだわ！　もっときれいにしましょうよ」そして杖《つえ》をふりました。ぴかぴかする銀色《ぎんいろ》のものが、そこらじゅうにとびました。そしてつぎの

しゅんかん、お教室《きょうしつ》がバラの花《はな》だらけになっていました。

パーフェクタが手《て》をあげました。

「あのぉ、これはすばらしいですけれど、つぎはなにをするんですか？」

フェアリー・アンガラはピンク色《いろ》にかわって、ひらひら動《うご》きました。

「そうね。いろいろありますよ。もちろん、カボチャや馬車《ばしゃ》はまだですけれどね。それはつぎの学期《がっき》」

パーフェクタは大《おお》きな作《つく》り笑《わら》いをしました。

「じゃあ、ねがいごとのしかたはごぞんじですか？」

「もちろんよ！」フェアリー・アンガラはにっこりしました。

「ねがいごとならすっかり知《し》っていますよ」

すると……ねえ、信《しん》じられて？　パーフェクタがいきなり滝《たき》のよう

な涙《なみだ》をながして泣《な》きはじめたの。そしてしゃくりあげながらいいました。

「なんて、すばらしいんでしょう！　おねがいです、おねがいします、あたくしに一《ひと》つだけ、ねがいごとをかなえてくださいませんか？　あたくしは学園大集会《がくえんだいしゅうかい》にきるものがなにもないのです！」

　パーフェクタ姫《ひめ》って、とても頭《あたま》がはたらくのね。わたしたちはみんな、ほんとうに泣《な》いていないのは知《し》っています。でもほおに大《おお》きな涙《なみだ》をぼろぼろながしながら、まるでお助《たす》けくださいとでもいうように、フェアリー・アンガラを見《み》つめています。

フェアリー・アンガラはためらっていました。それからゆっくりといいました。

「そうねえ。わたくしはまだねがいごとをかなえてはいけないことになっているのよ。まださいごの免許《めんきょ》をいただいてないので」

「う、う、うぇーん！」パーフェクタは床《ゆか》につっぷしました。

「じゃあ、あたしだけ、おんぼろ、ぼろきれをきるんだわぁ！」

「まさか、そんな！」ソフィアがきっぱりいいました。

「あたくしたち、だれ一人《ひとり》とくべつのものなんか、もっていなくてよ」

「エミリーはあるじゃない！　すごくきれいな新《あたら》しいドレスが送《おく》られてきたじゃない！　きらきらの新《あたら》しいティアラも！」パーフェクタは泣《な》き声《ごえ》でいいました。

「おねがいです、フェアリー・アンガラさま！　おやさしそうなかた。どうぞあたしを助《たす》けてください！」

フェアリー・アンガラはちょっと困《こま》ったお顔《かお》をされました。

「まあ、かわいそうね。小《ちい》さなねがいを一《ひと》つくらい、かなえてあげてもいいかもしれないわね……」

もちろん、パーフェクタは、ぱっと泣《な》きやんで、すわりなおしました。

「ドレスがほしいんです。エミリーのと同《おな》じようなのが！」

フェアリー・アンガラの杖《つえ》はとても光《ひか》っています。フェアリー寮母《りょうぼ》さまのよりもっとずっと。フェアリー・アンガラがそれをふると、忘《わす》れな草《くさ》のような美《うつく》しい

青《あお》に光《ひか》りました。

チリチリ……リン！！！

わたしのとそっくり同《おな》じドレスが！　でもなにもいえませんでした。なぜなら、それを見《み》たみんなが、きゅうにおねがいをはじめたのです。正直《しょうじき》いって、わたしは自分《じぶん》がいっていることも聞《き》こえなかったくらい！

フェアリー・アンガラは、だんだんとあわてたお顔《かお》になりました。

「まあ、どうしましょう！　こんなことになって……だってわたくしは、まだ……」

「でも、みんなのおねがいが聞《き》きいれられなかったら不公平《ふこうへい》です！」

エルメントルード姫《ひめ》が、テーブルをげんこつでたたいていいました。

「そうよ、不公平《ふこうへい》よ！」フロリーンもたのみこむような声《こえ》でいいました。

気《き》のどくに、フェアリー・アンガラは青《あお》ざめました。

「できるかどうか、やってみましょう。でもね、みんないっしょにしゃべらないでちょうだい！」

わたしは、フェアリー・アンガラがとてもかわいそうになりました。今《いま》にも泣《な》きだしそうなお顔《かお》をしています。

「一人《ひとり》ずつ順番《じゅんばん》に聞《き》いてみたらどうですか？」わたしがいいました。

フェアリー・アンガラは、ぐっと涙《なみだ》をこらえて、「だれからがいい？」と聞《き》きました。

フロリーンは、わたしのと同《おな》じティアラをたのみました。リーザは新《あたら》しいドレス、ジェマイマも。そのあとナンシーをのぞく全員《ぜんいん》がドレスを

おねがいしました。ナンシーは、銀《ぎん》のチョウチョがついたティアラがほしいといいました。

フェアリー・アンガラがだんだん困《こま》ったお顔《かお》になるのをよそに、ドレスは高《たか》く高《たか》くつみあがっていきます。わたしはきゅうに、もしや魔法《まほう》がすりへってきたのではと心配《しんぱい》になりました。なぜならフェアリー・アンガラの杖《つえ》がもう光《ひか》らなくなって、ぼやけた黄色《きいろ》になったからです。

フレイアのドレスは、ピンクとおねがいしたのにブルーで出《で》てきて、ジェマイマのドレスにはリボンでなくて、しみがついています！

「もうすこしかんたんなものをたのみましょうよ！」やっとわたしたちの番《ばん》がきたとき、わたしは小声《こごえ》でみんなにいいました。

シャーロットは、カールの髪《かみ》をおねがいし、ケティは新《あたら》しいくつ、デイジーは羽《はね》のえりまき。そしてソフィアは絹《きぬ》のショール、アリスはきらきらするソックスをたのみました。

わたしがさいご。でもなにをおねがいしていいか、思《おも》いつきません。ほんとうに。正直《しょうじき》いって、たった一《ひと》つほしいのは、ティアラ点《てん》。でもそれをおねがいするなんて、とんでもなくずるいことです。それでとうとう、おけしょうのパフをたのみました。

フェアリー・アンガラがさいごに杖《つえ》をふりました。たった一《ひと》つ銀色《ぎんいろ》のちりが空中《くうちゅう》にただよって……

チリン……ポン！

わたしのたのんだ、おけしょうのパフ、それと、きらきら光《ひか》るおしろいのはいったびん。とってもきれいです！

シャーロットが手《て》をたたきはじめ、みんなもいっしょにたたきました。パーフェクタとフロリーンまでが。フェアリー・アンガラはすこしあかるいお顔《かお》になって、こういわれました。

「おねがいがかなって、みんな満足《まんぞく》だといいけれど。そうそう、それぞれ自分《じぶん》のドレスをとって、つるしてくださいな」

そのときききゅうに、ドアのほうにむかってなにかがとび……わたしは、気味《きみ》の悪《わる》いものに気《き》がつきました。

ねえ、おぼえていて？　ナンシーが銀《ぎん》のチョウチョのついたティアラをおねがいしたこと。

そう、そのチョウチョがぜんぶ、小《ちい》さな銀《ぎん》の毛虫《けむし》にかわっていたのです！！！

Capter Three

第《だい》3章《しょう》

「毛虫《けむし》ですって？」アリスがわたしのことを、どうかしたんじゃないのというように見《み》つめました。

「そうなの」わたしは答《こた》えました。

「エミリー！」デイジーがふわふわの新《あたら》しい羽《は》えりまきを、わたしの鼻《はな》さきでゆすっていいました。

「うそでしょ！」

「ほんとよ。ぜったい、うそつかない！」わたしはいいました。

ケティもうたがわしそうな顔《かお》でわたしを見《み》てから、しゃがんで新《あたら》しい光《ひか》るくつのひもをしめました。

「わたし、毛虫《けむし》なんて、だいきらい」

ソフィアが首《くび》を横《よこ》にふりました。

「そのくつは大集会《だいしゅうかい》のときまでとっておいたほうがよくなくて？」

「はきならそうと思《おも》ったんだけど」

ケティはそういって立《た》ちあがりまし

た。「どう、すてきでしょ？」

たしかにすてきです。でもケティがくつをいじくるのがおわってほっとしました。なぜならちょうど『礼儀作法《れいぎさほう》』の授業《じゅぎょう》のベルがなったのです。わたしたちはできるだけ早《はや》く行《い》かなければなりません。今日《きょう》『礼儀作法《れいぎさほう》』を教《おし》えてくださるのはクイーン・グロリアナ園長《えんちょう》で、わたしたちがおくれるのが、とてもおきらいだからです。一分《いっぷん》おくれるごとに、マイナスのティアラ点一点《てんいってん》があたえられます。わたしたちは時間《じかん》きっかりにつけるつもりでした。ところが、デイジーのふわふわの羽《はね》えりまきが首《くび》からはずれて、すいーっとろうかのむこうにとんでしまいました。

「早《はや》く！　つかまえて！」デイジーがさけびました。

わたしたちは、できるだけのはやさで、えりまきを追《お》いかけました。シャーロットがまさにつかまえそうになったとき（シャーロットは風《かぜ》のように走《はし》れます）ぞっとするような声《こえ》が聞《き》こえました。

「いったい、なにをしているのです？」

そしてクイーン・グロリアナ園長《えんちょう》がすいっと近《ちか》づいてこられ

たときには、羽《はね》えりまきはぷいっとまがって、角《かど》のむこうに見《み》えなくなってしまいました。

わたしたちは、それぞれ二十《にじゅう》マイナス・ティアラ点《てん》をもらいました。なんとおそろしいこと！　わたしたちがお教室《きょうしつ》のうしろに立《た》たされたのを見《み》たパーフェクタとフロリーンが、にやにや笑《わら》うのがわかりました。

「悪《わる》かったわぁ」デイジーが小声《こごえ》でいいました。

「心配《しんぱい》しないで」シャーロットがささやきかえしました。

クイーン・グロリアナ園長《えんちょう》は、だれがささやいたのかとふりかえりました。

「だれ……？」といいはじめてから、きゅうにおだまりになりました。そしてはっと見《み》つめたのです。

だれもかれもが同《おな》じように見《み》つめました。
シャーロットの髪《かみ》が、まっすぐ上《うえ》にのびはじめたのです！
かわいそうなシャーロットには、なにがどうなっているのか見《み》えませ
ん。かた手《て》を頭《あたま》にやってみて、はっと息《いき》をのみました。
「くだらないいたずらですか？」クイーン・グロリアナ園長《えんちょう》が、またと
ないほど冷《つめ》たい声《こえ》でいわれました。
「もしそうでも、すこしもおもしろくありませんね。シャーロット姫《ひめ》、
あなたはもっとおぎょうぎのよい子《こ》かと思《おも》っていましたよ。もっとずっ
と。マイナス・ティアラ点《てん》、十点《じゅってん》です」
シャーロットはわっと泣《な》きだして、教室《きょうしつ》からかけ出《で》て行《い》きました。
「おねがいです、園長先生《えんちょうせんせい》」わたしは大《おお》あわてでいいました。

「あれはシャーロットのせいではありません。ほんとうに、ちがいます！」

そしてわたしはシャーロットを追《お》いかけました。

シャーロットは下《した》の階《かい》のお手洗《てあら》いにいました。水道《すいどう》のじゃ口《ぐち》の下《した》に頭《あたま》をつっこんでいます。髪《かみ》をおさえつけようとしているのですが、うまくいきません。

「ぜんぶ切《き》ってもらうしかないわ！」

シャーロットは泣《な》き声《ごえ》でいいました。

「ああ、フェアリー寮母《りょうぼ》さまがいらっしゃればいいのに！　寮母《りょうぼ》さまならきっと、どうしたらいいかごぞんじだわ」

「わたし行《い》って、フェアリー・アンガラを見《み》つけてくる」わたしはそういうと、お手洗《てあら》いをとびだして、フェアリー寮母《りょうぼ》さまのお部屋《へや》へむかいました。

ノックするとすぐに、フェアリー・アンガラが出《で》てきました。

「おねがいです！」わたしは息《いき》を切《き》ら

せていいました。

「シャーロットの髪《かみ》がどんどんのびちゃって、デイジーの羽《はね》えりまきが学園《がくえん》じゅうをとびまわっていて、みんなとっても困《こま》っています！　おねがいです、いっしょにいらして、クイーン・グロリアナ園長《えんちょう》に、あれはべつにシャーロットのせいじゃないっていってください！、それからシャーロットの髪《かみ》をどうにかしてください！」

フェアリー・アンガラは、ぞっとなりました。

「でもわたくしには、できないわ！　もう魔法《まほう》がのこっていないの！」

顔《かお》がまっ赤《か》になっています。

「ほら、わたくしって、まだ訓練中《くんれんちゅう》でしょ。だから杖《つえ》を一回《いっかい》ふるだけの魔法《まほう》しか使《つか》えなくて、もう力《ちから》がなくなってしまったの」お顔《かお》はますます赤《あか》くなります。

「みなさんにおねがいごとなんか、させちゃいけなかったの。もしフェアリー寮母派遣組合《りょうぼはけんくみあい》に知《し》られたら、わたくし、追《お》いだされるかもしれないわ。おねがいよ。わたくしのしたこと、だれにもいわないでちょうだいね」

そんなことば、わたしにはとても信《しん》じられませんでした。

フェアリー・アンガラに、助《たす》けてもらえないなんて！

頭《あたま》の中《なか》がぐるぐるぐるぐるまわって、シャーロットと同《おな》じく、フェアリー寮母《りょうぼ》さまがいてくだされればいいのに、としか考《かんが》えつきません。

でもそのとき、またとないくらいすばらしい考《かんが》えがうかびました。

「ねえ、どうでしょうか、わたしたちがおねがいごとをぜんぶおかえししたら？　ドレスもティアラも、わたしのおけしょうのパフもなにもかもおかえししたら？　そしたら魔法《まほう》が杖《つえ》にもどりませんか？」

フェアリー・アンガラはわたしをじっと見《み》つめ、それからうなずきました。

「そうね。少《すく》なくともわたくしは、もどるような気《き》がするわ」

わたしには、この先《さき》の自分《じぶん》の考《かんが》えを、失礼《しつれい》でないようにいうにはどうしたらいいかわかりませんでした。それで、ただはっきりいいました。

「もし、魔法《まほう》がもどったら、一《ひと》つだけ大《おお》きなおねがいをかなえていただけるでしょうか？　フェアリー寮母《りょうぼ》さまによくなってお姫《ひめ》さま学園《がくえん》にもどっていただくように、おねがいできませんか？」

もしかしたら、フェアリー・アンガラはむっとなさるのではないかと思《おも》ったけれど、そうではありませんでした。小《ちい》さなため息《いき》をつかれただけでした。

「エミリー、もっと早《はや》くそう考《かんが》えてくれればよかったのに」

「わたしもそう思《おも》います」わたしはそう答《こた》えました。ほんとにほんとにそう思《おも》ったのですもの！

Capter Four

第《だい》4章《しょう》

考《かんが》えたり、いったりするだけならかんたん。でもどうやったら一年生《いちねんせい》のお姫《ひめ》さま全員《ぜんいん》に、すてきなドレスをかえしてもらえるでしょう……とりわけパーフェクタとフロリーンに！

　シャーロット、アリス、ケティ、デイジー、ソフィアはせいいっぱい手伝《てつだ》ってくれたけれど、あきれるほど時間《じかん》がかかりました。ただよかったのは、ほとんど全員《ぜんいん》が、フェアリー寮母《りょうぼ》さまを大好《だいす》きだったこと。わたしたちが、魔法《まほう》をとりもどすにはドレスをかえすことが必要《ひつよう》で、そうすればフェアリー・アンガラがフェアリー寮母《りょうぼ》さまのおかぜをなおしてくださると説明《せつめい》すると、みんなはため息《いき》をつきながらも、自分《じぶん》たちのドレスをとりにばたばた歩《ある》いて行《い》きました。ナンシーは、毛虫《けむし》のティアラをかえすのだから、むしろ大《おお》よろこびでした。きもち悪《わる》かったわぁ、といいました。

でもそのあと、大《おお》きな問題《もんだい》が三《みっ》つのこって、それはどうしたらいいかわかりません。

パーフェクタがどうしてもドレスをかえそうとしないのです。

フロリーンも、ティアラをかえしません。

わたしたちのマイナス・ティアラ点《てん》は、どんどんふえていきました。

シャーロットの髪《かみ》はのびなくなったけれど、デイジーのふわふわえりまきは、とってもへんなところをとびつづけています。これでは、あたりをちらかしたことで、ますますマイナス・ティアラ点《てん》がふえちゃうと思《おも》っていたら、デイジーが

つかまえました。でも……

マチルダ皇太后《こうたいごう》さまは、デイジーにろうかをかけだしたことで、マイナス五点《ごてん》ですとおっしゃいました。

ソフィアは目《め》をさますとすぐに、ショールがなくなっているのに気《き》づきました。どこにあったと思《おも》う？　キッチン！　コックのおでぶクララが、ソフィアはキッチンのメイドたちとあそんでいたにちがいないといったので、ソフィアはマイナス三点《さんてん》になりました。

ケティのくつは、はこうとしたとたん、

勝手《かって》におどりだしてしまい、パーシヴァル王《おう》がそれにつまずきました。ケティにマイナス八点《はってん》。
　アリスのぴかぴかソックスは、足《あし》がかゆくなって、アリスが集会《しゅうかい》のさいちゅうにぼりぼりかいたので、マイナス六点《ろくてん》。
　わたしたちはもう絶望的《ぜつぼうてき》。どうしてもフェ

アリー寮母《りょうぼ》さまをつれもどさなくては！　でもどうやって？

「少《すく》なくとも、あたしたちは全員一年生《ぜんいんいちねんせい》をやりなおしね」シャーロットがゆううつそうにいいました。

「学園大集会《がくえんだいしゅうかい》は明日《あした》でしょう？　明日《あした》までには、いいお点《てん》どころか、マイナス点《てん》がもっとふえそうよ」

「だめ！」わたしがいいました。

「フェアリー寮母《りょうぼ》さまをつれもどすのよ。そうすれば、きっとなんとかしてくださるわ。お茶《ちゃ》のあと、いっしょにフェアリー・アンガラのところへ行《い》きましょう。ドレスや、ナンシーのティアラや、わたしたちのものをもって。それだけでも杖《つえ》の力《ちから》がもどるかもよ」

でもだめでした。フェアリー・アンガラがドレスや、ティアラや、あのとびまわるえりまきにむけて杖《つえ》をふりました……けれど、なにもおこりません。

　きらきらもしないし、なにもなし。杖《つえ》はぼやけた黄色《きいろ》のまま。

「たぶん、ぜんぶもどさなくてはだめなんだわ」

フェアリー・アンガラは悲《かな》しそうにいいました。

「きっと、わたくしがパーフェクタのドレスとフロリーンのティアラのおねがいをしたとき、杖《つえ》はありったけの力《ちから》をだしきってしまったのでしょう」

「あぁ」わたしはいいました。

「ごめんなさいね」フェアリー・アンガラは、杖《つえ》をおろして悲《かな》しそうにわたしたちを見《み》ました。

「フェアリー寮母《りょうぼ》さまがいないと、そんなにさびしい？」

わたしたちは、うなずきました。

「一年生《いちねんせい》をやりなおすのは、すごくいやだけれど、それが一番《いちばん》だいじなことではありません」ケティがいいました。

「そのとおりです。フェアリー寮母《りょうぼ》さまにもどってほしいわ」アリスもさんせいというように、いいました。

そのとき、わたしにはこれまでにないほどいい考《かんが》えがうかびました。とつぜん、どうやったらパーフェクタとフロリーンに、ドレスとティアラをかえしてもらえるか、思《おも》いついたのです。わたしは、息《いき》をふかくすって、おなかの中《なか》のびくびくするきもちをおさえつけました。

「ちょっと失礼《しつれい》します！　すぐもどります！」わたしはそういうと、フェアリー寮母《りょうぼ》さまのお部屋《へや》を走《はし》りでました。

「うまく行《い》ったぁ！」わたしはドアからかけもどってきたとき、さけんでいました。腕《うで》にはパーフェクタたちのドレスとティアラを、しっかりかかえていました。

ソフィアがぱっと立《た》ちあがりました。

「エミリー！　まさかあなた、パーフェクタにあなたのおたんじょう日《び》プレゼントのドレス

をあげたんじゃないでしょうね！」

わたしは、そうなのとうなずいて、これっぽっちも気《き》にしてないわという顔《かお》をして見《み》せました。

「それしか方法《ほうほう》がなかったんですもの。フロリーンには、わたしのティアラもあげたの。なんでもないわ。正直《しょうじき》いって。それにわたし、大集会《だいしゅうかい》にはみんなと

同《おな》じく古《ふる》いドレスをきたいの」

「わぁ、エミリーったら！」シャーロットがいって、わたしをだきしめました。

「魔法《まほう》がもどったかどうか、ためしてみてくださいませんか？」わたしはたのみました。フェアリー・アンガラは、床《ゆか》の上《うえ》に山《やま》になったドレスやいろんなものを見《み》ながら、うなずきました。それからくちびるをかみしめて杖《つえ》をふりました。

「わたくしの魔法《まほう》のおねがい」フェアリー・アンガラがつぶやきました。

「おねがいです……消《き》えて！」

ドドッと大《おお》きな音《おと》がして、わたしたちは、とびあがりました。

床《ゆか》は空《から》っぽになり、フェアリー・アンガラの杖《つえ》は、もとの美《うつく》しい青《あお》にかわっていました！

「わぉ！」みんな息《いき》をのみました。デイジーは「魔法《まほう》ね！」とささやきました。

わたしは、じっとフェアリー・アンガラを見《み》ました。そしてたのみました。

「おねがいです！　フェアリー寮母《りょうぼ》さまのご病気《びょうき》をなおしてあげてください！　そして今《いま》すぐ、ここにもど

してください！」

フェアリー・アンガラは、にっこりして、また杖《つえ》をふりました。わたしたちは息《いき》を止《と》めてまちました。

銀《ぎん》のベルの音《おと》がしました。ちょっとのあいだ、部屋《へや》じゅうにきらきらと銀《ぎん》の粉《こな》がちりました。でもそれだけ。フェアリー・アンガラの杖《つえ》はまたつまらない黄色《きいろ》になっていました。

「まあ、だめだわね」フェアリー・アンガラは悲《かな》しそうにいいました。

わたしたちはとぼとぼフェアリー寮母《りょうぼ》さまのお部屋《へや》をあとにするしかありませんでした。

Capter Five

第《だい》5章《しょう》

学園大集会《がくえんだいしゅうかい》の朝《あさ》ほどさびしいきもちになったことはありません。ほんとうなら一年《いちねん》じゅうでさいこうにかがやかしい日《ひ》のはず。それなのに、わたしたちにとってはさいていでした。ほかのお姫《ひめ》さまたちが、みんな腹《はら》を立《た》てていて、わたしにはそれがなぜかわかるからです。

みんなのすばらしいドレスをとりあげたからです。しかもフェアリー寮母《りょうぼ》さまはもどらなかった！

そしてわたしたちは、それこそもう山《やま》のようなマイナス・ティアラ点《てん》をもらったのです。

わたしたちはたがいに手《て》をつなぎ、悲《かな》しいきもちで階段《かいだん》をおりました。

大《だい》ホールはぎっしり満員《まんいん》でした。これほどおおぜいの王《おう》さま、女王《じょうおう》さま、王子《おうじ》さま、お姫《ひめ》さまた

ちが一《ひと》つのところに集《あつ》まったのは、まだ見《み》たことがありません。

トランペットがなりひびいたかと思《おも》うと、クイーン・グロリアナ園長《えんちょう》がそれにのってあらわれ、マチルダ皇太后《こうたいごう》、ヴィクトリア貴夫人《きふじん》、パーシヴァル王《おう》、そのほか、学園《がくえん》に教《おし》えにこられる先生《せんせい》がたといっしょにステージに立《た》たれました。

みんながそろい、いないのは

フェアリー寮母《りょうぼ》さまだけ。

「学年《がくねん》さいごの式《しき》にご参列《さんれつ》いただいて、うれしゅうございます」クイーン・グロリアナ園長《えんちょう》がよびかけました。

「今年《ことし》もまたすばらしい一年《いちねん》をおえることができました。おおくの姫《ひめ》たちが、たくさんのティアラ点《てん》をもらいました。でもざんねんながら、それほどよくない姫《ひめ》たちもいました」

シャーロットがわたしの手《て》をにぎりしめるのがわかります。にっこりしようと思《おも》うけれど、できません。まばたきをして泣《な》くまいとしたのに、涙《なみだ》が一《ひと》つぶ、鼻《はな》に落《お》ちてしまいました。

クイーン・グロリアナ園長《えんちょう》は、まだ話《はな》しています。

「うれしいことに、今日《きょう》はとくべつのゲストがきています。その人《ひと》が、みんなにティアラ点《てん》をあたえ、ティアラ・クラブにはいれるだけの点《てん》をとった姫《ひめ》たちの名前《なまえ》を発表《はっぴょう》します！」

またまたトランペットのファンファーレがなり……わたしはあっと口《くち》を開《あ》いてしまいました。ほんと……びっくり！

いつ見《み》たときより、ずっと大《おお》きく、ずっとお元気《げんき》そうになったフェアリー寮母《りょうぼ》さまが、ぴかぴかのピンクの妖精《ようせい》のチリの雲《くも》にのって、ステージにおりたったのです！　ほんというと、ドサンとだけど。そしてわたしたちににっこりしました。

「もどってこられて、うれしいです！」とひびきわたるような大《おお》きな声《こえ》。

「ほんとうならば、出席《しゅっせき》できないところでした。でも六人《ろくにん》の姫《ひめ》たちの

努力《どりょく》によって、こられました。その姫《ひめ》たちの名前《なまえ》は、エミリー、アリス、シャーロット、ケティ、デイジー、ソフィアです！　この六人《ろくにん》に、わたくしの感謝《かんしゃ》のしるしとして、一人《ひとり》百点《ひゃくてん》ずつあげたいと思《おも》います！」

タンタラ、タンタラ、タンタラ！　トランペットがなり、わたしたち六人《ろくにん》は立《た》ちあがって、顔《かお》を見《み》あわせました。心臓《しんぞう》がピタパタピタパタなっていて息《いき》もできません。そのうちとつぜんに、とんでもなく大《おお》きな希望《きぼう》が胸《むね》にわきあがってきました！

とても考《かんが》えられないことだったけれど、これって、じゅうぶんなティアラ点《てん》がいただけたってことじゃない？　頭《あたま》の中《なか》であれこれたし算《ざん》しました。百点《ひゃくてん》あれば、足《た》りるわよね？　よくわかんない！　自分《じぶん》の点《てん》をかぞえておけばよかった……ちゃんと書《か》いておけば……ああ、そうしておけば……！！！

タンタラ！　タンタラ！　タンタラ！　またトランペットがなりました。フェアリー寮母《りょうぼ》さまがクイーン・グロリアナ園長《えんちょう》に銀《ぎん》のふうとうを手《て》わたすのを見《み》ていると、おなかの中《なか》には何千何万《なんぜんなんまん》ものチョウチョがとぶような気分《きぶん》になりました。

百万年《ひゃくまんねん》もたったかと思《おも》えるころ、クイーン・グロリアナ園長《えんちょう》がふうとうから紙《かみ》をとりだしました。

「えっへん、」クイーン・グロリアナ園長《えんちょう》は口《くち》を開《ひら》きました。

「よろこばしいことに、つぎの姫《ひめ》たちをティアラ・クラブにむかえいれることとなりました。アリス姫《ひめ》（アリスはキャーッといいました。ほんとに！）デイジー姫《ひめ》、ソフィア姫《ひめ》、ケティ姫《ひめ》、シャーロット姫《ひめ》、それから……」

クイーン・グロリアナ園長《えんちょう》がそこでだまったので、わたしは心臓《しんぞう》が止《と》まりそうに……

「もちろん、エミリー姫《ひめ》です！」

どうしていいかわからなかったわ！

友《とも》だちも同《おな》じでした。

わたしたちはみんな、なにもいえなくなっていました！！

すると、シャーロットがわたしをひじでつついて、「見《み》て！」とささやきました。

赤紫色《あかむらさきいろ》のじゅうたんが大《だい》ホールの床《ゆか》の上《うえ》をころがってきて、わたしたちのまん前《まえ》で止《と》まりました。わたしたちはふるえながらそれにのりました。うすピンク色《いろ》のバラの花《はな》びらがはらはらと落《お》ち、わたしは、たしかに小鳥《ことり》の声《こえ》を聞《き》いたと思《おも》いました。目《め》に見《み》えない金《きん》のトランペットがかなでるような……わたしたちは赤紫色《あかむらさきいろ》のじゅうたんの上《うえ》をクイーン・グロリアナ園長《えんちょう》とフェアリー寮母《りょうぼ》さまのほうにむかって歩《ある》いて行《い》きました。するとつぜんわたしは、自分《じぶん》たち全員《ぜんいん》が、またとないほど美《うつく》しい、

バラの花《はな》びらみたいなサテンのドレスをきていることに気《き》がつきました。
わたしたちは、クイーン・グロリアナ園長《えんちょう》の前《まえ》に行《い》って、とてもりっぱに会釈《えしゃく》をしました。
「ようこそ、姫《ひめ》たち」クイーン・グロリアナがいいました。
「ティアラ・クラブにようこそ！」

わたしは、はちきれそうなほど得意《とくい》な気分《きぶん》で、ティアラをうけとりました。このティアラは、わたしが『りっぱなお姫《ひめ》さま』になったしょうこ。つまり、わたしはティアラ・クラブのメンバーになれたのです！

P・S・つぎの学期《がっき》にまたお会《あ》いしましょうね……銀《ぎん》の塔《とう》で！

おわり

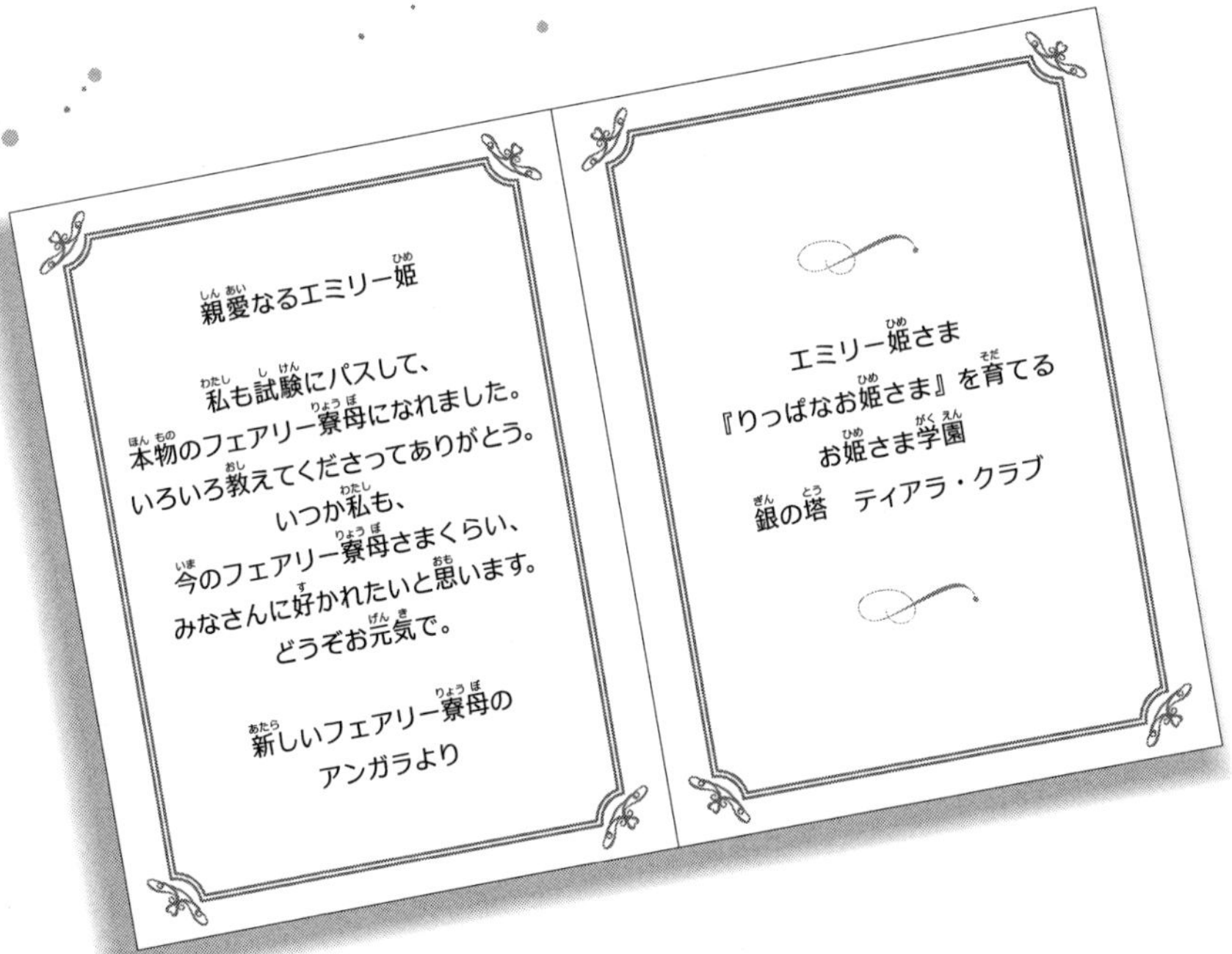

親愛《しんあい》なるエミリー姫《ひめ》

私《わたし》も試験《しけん》にパスして、
本物《ほんもの》のフェアリー寮母《りょうぼ》になれました。
いろいろ教《おし》えてくださってありがとう。
いつか私《わたし》も、
今《いま》のフェアリー寮母《りょうぼ》さまくらい、
みなさんに好《す》かれたいと思《おも》います。
どうぞお元気《げんき》で。

新《あたら》しいフェアリー寮母《りょうぼ》の
アンガラより

エミリー姫《ひめ》さま
『りっぱなお姫《ひめ》さま』を育《そだ》てる
お姫《ひめ》さま学園《がくえん》
銀《ぎん》の塔《とう》　ティアラ・クラブ

著者

ヴィヴィアン・フレンチ
Vivian French

英国の作家。イングランド南西部ブリストルとスコットランドのエディンバラに愛猫ルイスと住む。子どものころは長距離大型トラックの運転手になりたかったが、4人の娘を育てる間20年以上も子どもの学校、コミュニティ・センター、劇場などで読み聞かせや脚本、劇作にたずさわった。作家として最初の本が出たのは1990年、以来たくさんの作品を書いている。

訳者

岡本 浜江
おかもと・はまえ

東京に生まれる。東京女子大学卒業後、共同通信記者生活を経て、翻訳家に。「修道士カドフェル・シリーズ」（光文社）など大人向け作品の他、「ガラスの家族」（偕成社）、「星をまく人」（ポプラ社）「両親をしつけよう！」（文研出版）、「うら庭のエンジェル」シリーズ（朔北社）など子供向け訳書多数。第42回児童文化功労賞受賞、日本児童文芸家協会顧問、JBBY会員。

画家

サラ・ギブ
Sarah Gibb

英国ロンドン在住の若手イラストレーター。外科医の娘でバレーダンサーにあこがれたが、劇場への興味が仕事で花開き、ファッションとインテリアに凝ったイラスト作品が認められるようになった。ユーモア感覚も持ち味。夫はデザイン・コンサルタント。作品に、しかけ絵本「ちいさなバレリーナ」「けっこんしきのしょうたいじょう」（大日本絵画）がある。

ティアラクラブ⑥
エミリー姫《ひめ》と美《うつく》しい妖精《ようせい》

2007年9月30日　第1刷発行
著／ヴィヴィアン・フレンチ
訳／岡本浜江　translation © 2007 Hamae Okamoto
絵／サラ・ギブ

装丁、本文デザイン／カワイユキ
発行人／宮本功
発行所／朔北社《さくほくしゃ》
〒101-0065　東京都千代田区西神田2-4-1 東方学会本館31号
tel. 03-3263-0122　fax. 03-3263-0156
http://www.sakuhokusha.co.jp
振替 00140-4-567316

印刷・製本／中央精版印刷株式会社

80ページ　130mm×188mm
Printed in Japan ISBN978-4-86085-058-6 C8397